D0478544

Oregon Library Association
Proyecto / Project

¡Amo Leer!
2009

Given to your library
by a person who cares about
youth and reading.

Stir

Ilustraciones de

Peter H. Reynolds

K

EL INCREÍBLE
NIÑO MENGUANTE

Megan McDonald

ALFAGUARA

Título original: *Stink. The Incredible Shrinking Kid*
Publicado por primera vez por Walker Books Limited, Londres SE11 5H

© Del texto: 2005, Megan McDonald
© De las ilustraciones: 2005, Peter H. Reynolds
© De la traducción: 2008, P. Rozarena
© De esta edición: 2008, Santillana USA Publishing Company, Inc.
2105 NW 86th Avenue
Miami, FL 33122, USA

www.santillanausa.com

Maquetación: Silvana Izquierdo
Adaptación para América: Isabel Mendoza y Gisela Galicia

Aguilar, Altea, Taurus, Alfaguara, S.A. de Ediciones
Beazley, 3860. 1437 Buenos Aires. Argentina

Editorial Santillana, S.A. de C.V.
Avda. Universidad, 767. Col. Del Valle
México D.F., C.P. 03100. México

Distribuidora y Editora Aguilar, Altea, Taurus, Alfaguara, S.A.
Calle 80, n°. 10-23. Santafé de Bogotá. Colombia

Stink, el increíble Niño Menguante
ISBN–10: 1-60396-193-3
ISBN–13: 978-1-60396-193-6

Published in the United States of America
Printed in Colombia by D'vinni S.A.

Para todos los chicos
que preguntan por Stink.
M. M.

Para los miembros de la Casa
Multimedia de Pastelitos, Gary Stager,
y para cada uno de los empleados
presentes, pasados y futuros de Perritos
Calientes Ensartados en un Palo.
P. H. R.

ÍNDICE

Bajo, bajito, bajísimo

¡Bajo!

¡Bajito!

¡Bajísimo!

Stink era bajo. Peque, pequeño, pequeñito. Chiquito como una pulga, diminuto como un *insectink*.

Stink era el más bajo de la familia Moody (exceptuando a Mouse, el gato, claro). El más bajo de todo Segundo D. Probablemente el más bajo de los seres humanos del mundo entero, incluyendo Alaska y Hawai.

Judy Moody, su hermana, le llevaba más de una cabeza. Cada mañana Stink le pedía a Judy que lo midiera. Y todas las mañanas se repetía la misma historia.

Tres pies, ocho pulgadas de altura.

Bajo, bajito, bajísimo.

No había crecido ni una pulgada. Ni un centímetro. Ni un pelo.

Judy seguía llevándole una cabeza.

—Necesito otra cabeza —les dijo Stink a sus padres.

—¿Para qué? —le preguntó papá.

—A mí me gusta la tuya tal y como es —le aseguró mamá.

—Lo que tú necesitas es otro cerebro —lo molestó Judy.

—Lo que necesito es crecer —afirmó Stink—. ¿Qué puedo hacer para crecer?

—Comerte todas las verduras —le

aconsejó papá.

—Tomarte toda la leche —opinó mamá.

—Comer insectos —añadió Judy.

—¿Insectos?

—Sí... *¡Insectink! ¡Chiquitink!*

—¡Qué simpática! —se enojó Stink. Su hermana se creía muy graciosa.

—Bueno, ¿y qué tiene de malo ser bajito? —preguntó papá.

—En la escuela siempre tengo que tomar agua en la fuente de los pequeños —explicó Stink—; en clase de dibujo, sentarme siempre en la primera fila. Y en todas las obras de teatro de la escuela, me toca ser el ratón. Aunque sólo fuera por una vez, me gustaría hacer un papel hablado en vez de chillado.

—Ser bajo no es tan malo —insistió papá—, siempre que vamos al médico te regalan un libro para colorear.

—Y aún te sirve la pijama de Spiderman que tanto te gusta —apuntó mamá.

—Y todavía tienes que subirte en un banquito para cepillarte los dientes —se burló Judy. Stink le sacó la lengua.

—Ya crecerás —lo consoló papá.

—Crecer lleva su tiempo —lo animó mamá.

—Acuéstate en el suelo —le ordenó Judy.

—¿Para qué?

—Si yo tiro de tus brazos mientras papá tira de una pierna y mamá de la otra, podremos estirarte como si fueras una goma elástica. Así crecerías.

Stink no quería para nada ser una goma. Así que se comió todas las verduras, no tiró ni una a la basura. Se tomó toda la leche, hasta la última gota, incluso se tomó lo que quedaba en el vaso de Judy.

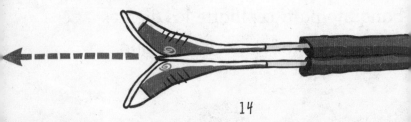

※ ※ ※

—Mídeme otra vez —le pidió a Judy—.
Sólo otra vez antes de irme a la cama.

—Stink, te medí esta mañana.

—Eso fue antes de comerme todas las
verduras y tomarme toda la leche —dijo
Stink.

Stink se puso los zapatos. Se colocó
junto a la cinta de medir. Se estiró bien,
se estiró todo lo que pudo. Judy lo miró.

—¡Oye, quítate los zapatos!

Stink se los quitó y se puso de puntitas.

—¡No vale ponerse de puntitas!

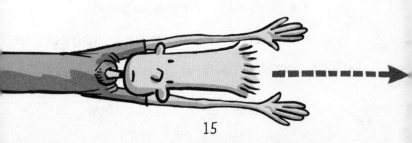

Judy midió a Stink de la cabeza a los pies. Luego, de los pies a la cabeza. Algo andaba mal.

—¿Qué pasa? —preguntó Stink.

—Malas noticias —dijo Judy.

—¿Qué, qué? —preguntó él ansioso.

—Mides menos que esta mañana. Casi un cuarto de pulgada menos.

—¡No puede ser!

—Stink. Mi cinta de medir no miente.

—¿Soy más bajo? ¿Cómo puedo ser más bajo?

—Fácil. Porque encogiste.

—Ya crecerás —lo animó papá.

—Ya crecerás —repitió mamá.

—Sí, pero nunca, nunca jamás me alcanzarás —afirmó Judy.

Las aventuras de Stink y el Monstruo Tragapulgadas

POR STINK MOODY

El horrible Monstruo Tragapulgadas ataca Villamoody.

¡ZAP!

¡EEEEK!

ANTES

¡ZAP!

DESPUÉS

Stink, el chico más valiente (y bajito!) de Villamoody, se enfrenta con el Monstruo Tragapulgadas.

¡GRRRRRR!

¡ALTO!

ZAP

¿Huh?

¡Stink encoge!

¡Max, trae el Stink-Móvil!

¡Buen chico! Max.

¿Tendrá tiempo Stink para inventar un devuelvepulgadas? ¿O tendrá que ir a una escuela para niños molécula?

Stink-Móvil

Menguar, menguado, menguante

Cuando Stink se despertó a la mañana siguiente, su cama le pareció tan grande como un campo de fútbol. El techo estaba tan alto como el cielo. Y el suelo estaba allá abajo, abajo, abajo...

Cuando se fue a cepillar los dientes, el lavabo le quedaba altísimo.

—¡Vaya, pues sí que es verdad que me encogí! —se dijo, mirándose en el espejo. ¿Tenía los brazos un poco más cortos? ¿Era su cabeza un poco más pequeña?

Se vistió. Se puso unos pantalones y una camisa de rayas verticales.

—¿Por qué tantas rayas? — preguntó Judy.

—Porque creo que me hacen ver más alto —explicó Stink.

—Si tú lo dices... —admitió Judy.

—Y tú, ¿qué piensas?

—Que si de verdad quieres verte más alto tendrás que hacer esto. Mira —Judy le entregó una botella que parecía de champú—. Ponte esto en el pelo y déjalo actuar durante diez minutos. Luego te puedes peinar el pelo tieso hacia arriba. Al estar de punta te hará ver más alto.

Stink se untó esa cosa grasienta en el pelo. Se lo dejó puesto mientras hacía la cama. Se lo dejó puesto mientras llenaba la mochila. Se lo dejó puesto durante todo el desayuno.

—Podemos jugar a contar chistes.

Pierde el que se ría —propuso Judy.

—Yo no sé qué me pasa, pero no puedo reírme —dijo Stink.

Judy se fijó en la cabeza de su hermano.

—Oye, yo creo que eso está funcionando —le dijo.

—¿De verdad? ¿Crees que la gente notará la diferencia?

—Claro que sí —afirmó Judy.

Stink corrió escaleras arriba para mirarse en el espejo del cuarto de baño.

—¡QUÉ HORROR, TENGO EL PELO DE COLOR NARANJA!

—No te preocupes, si te lo lavas todos los días, no te durará ni una semana.

—¡Parezco una zanahoria!

—Las zanahorias son largas —observó

Judy, y se estuvo riendo todo el camino hasta la parada del autobús.

Elizabeth, la amiga de Stink, se sentaba en el pupitre de al lado. Eran los dos estudiantes más bajitos de Segundo D.

—Hola, Elizabeth —saludó Stink.

—Ya no soy Elizabeth —le contestó

ella—. A partir de ahora tienes que llamarme "Sofía de los Elfos".

—Ah, muy bien. Yo también tengo un nombre nuevo. Soy Stink, el increíble Niño Menguante.

—Pero, Stink, si hoy te ves más alto —observó Elizabeth.

—Es por el pelo, pero todavía soy bajo.

—No para un elfo. Para un elfo eres un gigante. Entre los elfos serías el rey.

—Gracias, Sofía de los Elfos —dijo Stink.

Sonó el timbre y la señora Dempster pasó a la ortografía. Las tres nuevas palabras fueron mermar, menguar y... MENGUANTE. No podía faltar.

En la comida les dieron minipizzas... ¡MINI! Y, más tarde, la maestra leyó un libro que se titulaba *Tristán encoge*.

Contaba la historia de un chico al que le gustaba jugar, que leía todos los textos de las cajas de cereales, y que cada vez se volvía más y más pequeño, más bajito.

Luego, cuando recuperó su estatura nor
mal, ¡se volvió verde!

—¿Tienen algún comentario? —pre
guntó la señora Dempster cuando termi
nó de leer el cuento.

Stink levantó la mano.

—¿Es una historia verdadera?

—No —se rió la maestra—. Claro que
no. Es fantasía.

—A mí me encanta la fantasía —dijo
Sofía—. Todo eso de los elfos y las
hadas...

—¿Seguro que es fantasía? —quiso
asegurarse Stink—. Porque ese chico se
parece mucho a mí. Yo... yo... también...
—Stink no fue capaz de acabar de pronun-
ciar las palabras: «Me estoy encogiendo».

—¿Es porque los dos se vuelven d
otro color? —preguntó Webster.

—Bueno, no; es porque yo tambiér
leo todo lo que ponen en las cajas de
cereales —dijo Stink.

—Vamos a ver —dijo la maestra—
¿quién nos va a traer hoy la leche de lo
cafetería?

Stink no estaba atendiendo. Nunca le
habían encargado que trajera la leche.

—¿Y si hoy nos la trajera James
Moody? —propuso la maestra.

—¿Quién, yo? —preguntó Stink. Y se
enderezó encantado en su asiento—.
¿Tengo que traer hoy la leche?

Stink salió al pasillo de los salones de
Segundo. Le pareció que ahora era un

pasillo más largo. Y más ancho. Bajó las escaleras para ir a la cafetería. ¿Siempre había tenido tantos escalones? Le parecía que sus piernas eran más cortas.

Encogidas, menguadas, menguantes.

Recogió la caja de leche. La subió escaleras arriba, pasó por delante de la dirección, por delante de la sala de maestros. Sentía que sus brazos eran cada vez más cortos. Tenía que descansar.

Dejó la caja en el suelo, en la puerta de la enfermería.

—Hola, Stink —lo saludó la maestra Bell—; oye, veo que cambiaste de peinado.

—Y de color; mi hermana me lo tiñó de naranja.

—¿Y qué te trae por aquí? ¿Te duele la

cabeza? ¿Te arde la garganta? —preguntó la enfermera.

—¿Ha venido algún chico que se haya
encogido? —preguntó Stink—. Yo creo
que me estoy encogiendo. Que me estoy
haciendo más corto, más bajito.

—¿Que te estás encogiendo? ¿Qué te
hace pensar eso?

—Bueno, mi hermana me mide todas
las mañanas. Antes, siempre medía lo
mismo: tres pies, ocho pulgadas; pero
anoche me midió antes de irme a la
cama. ¡Y había encogido! Sólo medía
tres pies, siete pulgadas y tres cuartos.
¡Ahora soy un cuarto de pulgada más bajo!

—No te preocupes, muchacho, todo el

mundo encoge durante el día. Todos somos un poco más bajos por la noche que por la mañana.

—¿De verdad?

—De verdad. Es por la gravedad y por todo lo que nos movemos. Las almohadillas que tenemos entre las vértebras se aplastan un poco durante el día. Por la noche recuperan humedad y se expanden otra vez.

—¿Todos encogemos?

—Eso es lo que te estoy diciendo. Todo el mundo encoge.

—¡Científico! —exclamó Stink.

Las aventuras de Stink
Rey de los Elfos

POR STINK MOODY

La Bella Sofía de los Elfos sufre el mal de la gravedad.

Una malvada bruja puso una pócima en sus zapatos.

¡Me pesan tanto los pies!

¡POOF!

TA-TARA-TA-TÁ
¡Llega Stink, Rey de los Elfos!

¡Ni un minuto que perder!

CÁMARA ANTIGRA-VEDAD. 1 milla

¡YA ESTÁ!

30 segundos después...
¡MI HÉROE!

En tu honor, Stink.

STINK Rey de los Elfos

Y más,
y más,
y más...

Stink caminó muy tieso por el pasillo, dobló la esquina y entró en su salón.

—¡Stink, ganaste! —anunció Sofía de los Elfos.

—Mientras estabas fuera —explicó la maestra—, hicimos una rifa para ver quién se llevaba a su casa a Newton este fin de semana y salió tu nombre.

—¿De verdad? ¿De verdad me voy a llevar a Newton a casa?

—¡Qué buena suerte! —exclamó Webster.

—Mi suerte está creciendo más, y más, Y MÁS... —se dijo Stink, y se rió de

su propia broma. Se sentía de verdad
más y más y más alto.

❧ ❧ ❧

Stink se subió al autobús. Colocó con
cuidado la caja de Newton sobre sus
piernas.

—No te preocupes, Newton —le dijo al
tritón—. Te voy a cuidar bien. Superbien.

—¿Qué es eso? —preguntó Judy cuando subió al autobús.

—Un tritón de manchas rojas. Es
como una salamandra pequeña. Te pre-
sento a Newton.

—¿De dónde lo sacaste?

—Es la mascota de nuestra clase.

Estamos estudiando los ciclos de la vida y, para que lo entendiéramos bien, la señora Dempster fue a una tienda de bichos y nos trajo éste a la clase. A mí me tocó llevármelo a casa y cuidarlo este fin de semana. Tengo que jugar con él, vigilarlo y apuntar todo lo que le ocurra.

—No se dice "tienda de bichos", se dice "vivero" —corrigió Rocky.

—No —dijo Judy—, vivero es donde se venden plantas, no bichos.

—Y no se dice "bichos" —volvió a corregir Rocky que, como era un poco mayor, creía que lo sabía todo—, se dice "animales". Los bichos son cosas así como escarabajos y cucarachas.

—Bueno, pues, tienda de animales —admitió Stink.

✺ ✺ ✺

Cuando Stink llegó a casa no paró ni para merendar. Se llevó directamente a Newton a su habitación. Sacó su cuaderno y escribió:

Viernes 3:37 Newton, escondido.

Stink espiaba al tritón. Judy llegó y se puso a mirar por encima de su hombro.

Viernes 3:40 Newton, escondido.
Viernes 3:45 Newton sigue escondido.

—Deberías escribir: «ABURRIDO» en tu diario —dijo Judy.

—Los tritones no son nada aburridos —protestó Stink.

—Cuéntame algo que NO SEA ABURRI-DO acerca de los tritones —insistió Judy.

—Los tritones comen grillos, gusanos y babosas —explicó Stink.

—¡A-BU-RRI-DO! —dijo Judy.

—Los tritones de manchas rojas tienen que vivir cerca del agua porque necesitan tener la piel siempre húmeda.

—¡A-BU-RRI-DO! —repitió Judy.

—Bueno, cómo ves esto: los tritones nacen de un huevo. Cuando salen, nadan como los renacuajos, luego se vuelven tritones rojos y viven en la tierra. Después, cambian de color y regresan al agua.

—Pues sigue siendo una vida de lo más A-BU-RRI-DA —insistió Judy.

—Y mudan la piel —añadió Stink.

—¡Oh, qué interesante...! —se burló Judy—. Llámame cuando pase eso.

El sábado, Stink continuó escribiendo en su diario:

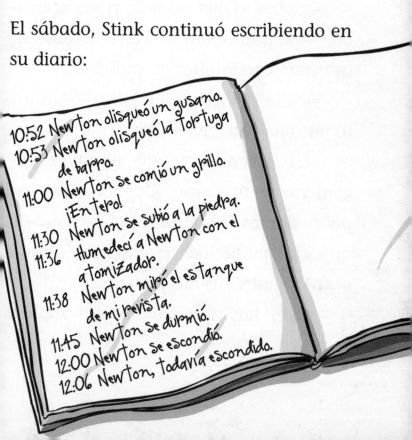

10:52 Newton olisqueó un gusano.
10:53 Newton olisqueó la tortuga de barro.
11:00 Newton se comió un grillo. ¡Entero!
11:30 Newton se subió a la piedra.
11:36 Humedecí a Newton con el atomizador.
11:38 Newton miró el estanque de mi revista.
11:45 Newton se durmió.
12:00 Newton se escondió.
12:06 Newton, todavía escondido.

—¡Stink!, ¿piensas pasarte todo el fin de semana mirando a ese tritón? —preguntó Judy.

—Le voy a construir una balsa de madera fina. A lo mejor se sube y flota.

—¿Sabes lo que no sería nada aburrido? —preguntó Judy—. Poner a Newton, tu tritón, con Ranita, mi mascota.

—¡Ni lo sueñes! —dijo Stink—. Los tritones son como veneno para los sapos.

—Eso quiere decir que Ranita no se comería a tu tritón. Bueno, Stink, la pobre Ranita se aburre sola —y, antes de que Stink pudiera decir algo, Judy atrapó al tritón entre sus manos.

—Oye, hay que lavarse las manos

antes de tocarlo. ¡Y que no se te vaya a caer! —dijo Stink.

—No se me va a caer —aseguró Judy, y depositó a Newton sobre el musgo del tanque de Ranita. Newton olisqueó a Ranita y levantó la cola.

—Está asustado —dijo Stink.

—¡Espera! —pidió Judy. Ranita lamió a Newton.

—¡Sácalo de ahí! —gritó Stink.

—Sólo era un lengüetazo amistoso —dijo Judy—. Un saludo.

—¿Y si Ranita se envenena? ¡Sácalo de ahí, sácalo ya!

—¿Qué le pasa? —Judy atrapó a Newton con sus manos sin lavar—. ¡Stink! Algo raro y malo le está pasando a Newton. ¡Se le está abriendo la cabeza!

—¡Déjame ver! —Stink miró al tritón.

Era verdad, la piel de la cabeza de Newton se estaba abriendo.

—¡Es que está empezando a mudar la piel! ¡Ponlo otra vez en su caja!

Los dos observaron al tritón.

—¿Tú crees que Newton de verdad está mudando? —preguntó Stink.

—Sí. Eso quiere decir que está creciendo —dijo Judy—. Creciendo, no como *otros*.

—Hasta los tritones crecen más que yo —se lamentó Stink.

—Qué aburrimiento. Me gustaría que pasara algo —dijo Judy—. Se inclinó y escribió en el diario de Stink.

1:15 ¡Aburrido!

Stink lo borró.

—Crecer lleva su tiempo —le dijo a Judy—. Al menos eso es lo que me dice todo el mundo.

—A lo mejor, si decimos algún conjuro mágico... —propuso Judy.

Cola de tritón, ojo de rana,
lengua de sapo, pata de araña.
Si no creces hoy, crecerás mañana...

—¡Mira lo que está pasando! —exclamó Stink.

—¡Fantástico! —se entusiasmó Judy y corrió en busca de la cámara de video—. ¡Luces, cámara, acción!

Stink escribió en su diario:

1:10 A Newton lo lamió un sapo.

1:12 A Newton se le abre la piel de la cabeza.

1:21 A Newton se le abre toda la piel, del lomo hasta la cola.

1:35 Newton se frota contra una piedra.

1:39 Newton se frota contra una planta.

1:44 Newton se frota contra todo para desprenderse de su piel.

1:47 La piel de Newton le cuelga de la cola.

1:52 Newton se arranca a mordiscos la piel de la cola.

—¡Qué asco! —dijo Judy, y paró el video.

—¡Qué maravilla! —exclamó Stink mirando con admiración la piel del tritón.

—¿Me la puedo llevar para enseñársela a los de mi clase? —preguntó Judy.

—¡Ni lo sueñes! —le contestó Stink—.

Yo soy el encargado de cuidar a Newton este fin de semana, así que seré yo el que le cuente a todo el mundo con pelos y señales lo que pasó.

—Doña D, a lo mejor, querrá que se lo enseñes también a los de mi clase.

—No creo, sobre todo si le cuento que la llamas «Doña D» en vez de señora Dempster, que es su nombre.

as aventuras de Stink
l Chico Tritón por Stink Moody

nk Moody se encuentra una piel de tritón supersónico.

¡ESTUPENDO! ¿Me quedará bien?

¡ZIP!

TA-TA-RA-TA-TÁ Stink es, ahora un ¡CHICO TRITÓN!

...AAY!

¡Tengo hambre de tritones!

El Chico Tritón se mete en un bote de *superpimienta*.

¡Que te aproveche Traga Anfibios!

¡BUF...!

¡ADIÓS!

¡Qué peste!

¡Qué tufo!

¡Qué olor!

¡Guácala...! ¿A qué huele? —protestó Judy apretándose la nariz.

—¿De qué olor hablas?

—De este asqueroso olor a zorrillo podrido. De este horrible olor a calcetines sin lavar en los últimos diez años. De este repulsivo olor a huevos podridos de hace trescientos años... —Judy recorrió la habitación de Stink de un lado a otro, olisqueando todos los rincones.— Es mucho más repugnante cuando te acercas a Newton.

—¡Newton! —exclamó Stink. Se levantó de un salto del suelo donde había estado dibujando un cómic. Newton seguía en su escondite.

—A lo mejor lo que huele son los trozos de gusano. O los grillos secos. ¿Por qué no estará comiendo nada?

—¡Qué asco tan asqueroso! Hay baba verde por todas partes —dijo Judy.

—Y unas cosas marrones flotan en el agua.

—Stink, tienes que limpiarlo todos los días. Los tritones se mueren si tienen el agua sucia.

—¿Desde cuándo eres una experta en tritones?

—Desde que leo revistas sobre el cuidado de los animales. Tienes que tirar el agua sucia y lavar bien las piedras, y limpiar toda esta baba verde y lo demás.

—¡Eso es mucho trabajo! —protestó Stink.

—Ven, Stinkguido, yo te ayudaré. Seremos dos Superlimpiababas.

—¡Superlimpiababas! ¡Genial! Pero no vuelvas a llamarme Stinkguido, ¿eh?

—Bueno, está bien. Vamos a llevar a Newton al fregadero de la cocina.

Stink cargó la caja hasta la cocina, pero, no alcanzaba al fregadero.

—Dámela, yo la pongo —dijo Judy. Y la colocó sobre la mesa. Stink se subió a una silla.

—Lo primero que hay que hacer es sacar a Newton para poder limpiarle la casa.

—Muy bien —dijo Stink mostrando una pequeña red. Judy metió la mano para tomar a Newton.

—¡Espera! —exclamó Stink—. La maestra dice que tenemos que usar esta red para manejar a Newton.

—Espera tú. No me hace falta la red. Ya casi lo tengo. ¡Quieto, bicharraco —dijo Judy.

—¡No es un bicharraco! —protestó Stink—. Y... ¡lo estás asustando!

—Es muy escurridizo, parece una anguila —se quejó Judy.

Justo en ese momento, Newton el Anguila, se escurrió de la mano de Judy, saltó al fregadero y se fue de cabeza... ¡por el DESAGÜE!... Y desapareció...

—¡Newton! —gritó Stink—. ¡Lo dejaste ir! —le gritó a Judy.

—No te preocupes, Stink —intentó

tranquilizarlo ella—. Seguramente está
nadando por ahí abajo —Judy se asomó
al agujero del desagüe.

—¿Está ahí? ¿Lo ves? —preguntó
ansioso Stink.

—No, no lo veo. Está muy oscuro...
Necesito una linterna o algo así. No,
espera, voy a encender la luz.

Judy apretó el interruptor que había
sobre el fregadero.

¡GRRRRRR...! Sonó el triturador de
basura. Los dos brincaron del susto.

—¡Apágalo! —gritó Stink.

Judy lo apagó al instante.

—¡Uf, apreté el interruptor que NO era!

—¡Mataste a Newton! —gritó Stink—. ¡El tritón que era la mascota de nuestra clase! ¡El tritón al que yo tenía que cuidar este fin de semana!

Stink salió corriendo hacia su habitación y se tiró boca abajo en la cama.

Newton, el tritón, había desaparecido. Desaparecido del todo, perdido para siempre. Lo único que quedaba de la mascota de la clase era la piel seca que había mudado.

Stink la colocó en el lugar de honor de su escritorio. Junto a su moneda de diez centavos de plata, sus dos canicas de cristal con espirales de color adentro y la enorme tuerca de camión que había encontrado al borde de la autopista.

La piel del tritón permaneció allí. Solitaria. Vacía. Muerta.

Más muerta que una piedra.

Stink decidió hacer su tarea. La tarea siempre lo hacía sentirse mejor.

Dibujó una piel de tritón como si estuviera viva. Leyó un poema que decía: «¿Quién ha visto el viento?». Escribió otro que decía: «¿Quién ha visto al tritón?». Y redactó algunas frases usando dichos que había aprendido en clase de Lenguaje.

Cuidar de un tritón es «más difícil de lo que parece».

Espero que a Newton no se «le queden los pies fríos y la cabeza caliente».

«No llores por lo que has perdido, piensa en lo que aún puedes ganar».

Judy entró en la habitación de Stink.

—Stink, lo siento mucho. Lo siento muchisisísimo. Aunque te apuesto lo que quieras a que Newton se escapó por las cañerías y que ya estaba a salvo en el río cuando prendí el triturador.

—¿Tú crees? —dijo Stink esperanzado

—Seguro que se la está pasando superbien ahora mismo. Acuérdate de Stuart Little. Probablemente esté navegando río abajo en una balsa, viviendo una estupenda aventura tritónica.

—¿Y qué le voy a decir a la señora Dempster y a toda mi clase?

—Lo comprenderán. Forma parte del ciclo de la vida, Stink.

—Me temo que el triturador de basura NO es parte del ciclo de la vida —dijo Stink.

Luego, terminó su trabajo, añadiendo un último apunte en su diario.

Domingo 5:21 Newton ha desaparecido por el desagüe.

Las aventuras DE Stink
El Chico Tritón
su encuentro con el Monstruo Mandíbulas

POR STINK MOODY

DESPUÉS DE UN LARGO DÍA SALVANDO AL MUNDO...

ZZZZZZZ

El Chico Tritón duerme sobre un peñasco escurridizo.

¡SLOOOP!

¡AAAYYY...!

¡Bienvenido, pequeñín!

El CHICO TRITÓN cae en las fauces de acero del MONSTRUO.

El Chico Tritón encuentra unos espaguetis en el triturador.

¡Y astutamente escapa!

¡CRUACK!

Dos famosos James

El lunes por la mañana, cuando Stink le contó a su maestra lo del I.D.T. (Incidente del Desagüe y el Triturador), ella le dijo:

—Vamos a contarle a la clase que Newton se te escapó y nada más. Será nuestro secreto.

Ni siquiera se enojó, y le dijo que cualquier día pasaría por la tienda de animales para comprar otro tritón.

La clase de Segundo D escribió cuentos acerca de las aventuras que Newton podría estar viviendo por el ancho mundo. Webster escribió que Newton se había unido a un equipo de béisbol llamado *Newtball* en su honor. Sofía de los Elfos escribió sobre un reino mágico donde la princesa Salamandra padecía un maligno encantamiento y un tritón de brillante armadura la salvaba. Y Stink escribió acerca de Newton remando río abajo en una balsa hacia Legolandia para montar en la montaña rusa.

Estas historias ayudaron a todos a sentirse mucho mejor. Especialmente a Stink. La maestra, además, le permitió quedarse con la piel de Newton. Así, porque sí, y para siempre.

@ @ @

La señora Dempster habló durante el resto
de la semana del Día de los Presidentes.
Toda la clase dibujó retratos de George
Washington. Todos hicieron cabañas de
troncos con cartones de leche y palitos de
helado en honor a Abraham Lincoln. Y
hablaron de lo alto, lo altísimo que había
sido el presidente Lincoln. Alto, altote, altísimo, prácticamente un gigante.

—Bueno, ¿y qué gracia tiene vivir en
una cabaña de troncos? —le preguntó
Stink a Webster.

—Lincoln escribía sus problemas en
las paredes; los grabada directamente
sobre los troncos.

"¿Y no lo regañaban por escribir en las paredes?", se extrañó Stink.

En toda la semana nadie dijo ni una palabra sobre el presidente favorito de Stink: el presidente James Madison, nacido un 16 de marzo, como él, eso sí, muchos años antes.

—Atención —dijo la maestra—: la tarea está escrita en el pizarrón.

¿Qué significa para ti el Día de los Presidentes?

—¡Yo sé, yo sé! —exclamó Calvin—. El Día de los Presidentes significa que hay muchas banderas.

—Para mí, que ese día no tenemos clases —dijo Webster.

—Para mí, que podemos comprar chucherías baratas, porque los presidentes están en las monedas —dijo Heather.

—No opinen a lo loco —dijo la maestra—. Quiero que todos escriban una página acerca de lo que el Día de los Presidentes significa para ustedes.

—¿Podemos hacer un dibujo? —preguntó Lucy.

—¿Podemos escribir un poema? —preguntó Sofía de los Elfos.

—¿Podemos disfrazarnos? —preguntó Stink.

—¡Sí, sí y sí! —dijo la maestra—; pero no olviden que quiero que cada uno escriba una página, una página completa.

Stink fue por su libro de cabecera: *El*

libro de los presidentes. Buscó al mejor presidente de todos, el cuarto presidente: James Madison.

Stink y James Madison tenían muchas cosas en común. James Madison había nacido en Virginia. Stink también. James

Madison se llamaba James. Stink también se llamaba James. James Madison llevaba pantalones marrones, ¡igual, igualito que Stink!

La gente debería saber más cosas de James Madison. Debería haber una estatua de James Madison en el parque. Y una plaza con su nombre. Y se deberían cantar sus hazañas en un himno.

Esto le dio a Stink una idea. Una estupenda idea para el Día de los Presidentes.

❧   ❧   ❧

Durante todo el camino de la escuela a la casa, a Stink le fue dando vueltas en la cabeza su idea de componer un himno. Buscó la música de una canción conocida.

Martinillo, Martinillo,
¿dónde estás? Aquí estoy.
Toca las campanas,
toca las campanas,
¡ding, dang, dong...!

Y fue cambiando las palabras de la letra.

Presidente, presidente
Madison, Madison,
cuarto presidente,
cuarto presidente.
¡Y el mejor, el mejor!

Se la cantó a mamá y a papá.

—¡Es una canción estupenda! —dijo mamá—, deberían nombrarla la canción oficial del estado de Virginia.

—Tenemos un pájaro del estado de Virginia y una flor del estado de Virginia, pero no tenemos una canción oficial —dijo papá.

—Algunos presidentes están en las monedas —dijo Judy.

¡Presidentes en las monedas, claro que sí! Lincoln aparece en las de un centavo. Washington, en las de un dólar. ¡James Madison debería aparecer en alguna!

—¿Me prestas tus plumones gordos? —le pidió Stink a Judy.

—No, siempre los dejas destapados.

—Newton, acuérdate de N-E-W-T-O-N. Del pobrecito Newton. *GRRRRRR...* —Stink imitó el ruido del triturador.

—¡Está bien! ¡Te los presto! —cedió Judy—; pero ya estuvo bien, ¿eh? No te va a funcionar más eso de recordarme a Newton todo el tiempo.

Stink eligió un plumón verde. Luego, uno morado. Luego, otro rojo. Dibujó la silueta de la cabeza de James Madison. A cada lado dibujó una pluma de ganso y un número cuatro. Debajo puso: «Padre de la Constitución».

Luego escribió una carta dirigida al gobernador.

Querido Señor Gobernador:

Usted debería hacer una estatua del presidente James Madison. Y poner su cara en alguna moneda. El presidente Madison es tan importante como otros presidentes que sí están en las monedas.

Yo estoy en Segundo, en una escuela de Virginia. Tengo una hermana muy mandona y un gato que se llama Mouse. También tuve un tritón que completó el ciclo de su vida cayendo por un desagüe.

firmado,

James E. Moody

¿Sabe usted que nuestro estado no tiene una canción oficial?

Las aventuras de Stink
el Tritón con armadura

POR STINK MOODY

A la princesa Salamandra la persigue el Malvado Dragón Volador?

¡Tengo hambre!

CAMPO Encantado

en el Campo Encantado

La princesa se queda profundamente dormida.

¡Te atrapé, princesa!

ZZZZZZ

¡Eh, no tan deprisa!

Llega TRITÓN con su brillante armadura. Trae la comida preferida de los dragones: ¡CARAMELOS!

¡ÑAAMM!

¡Hasta luego, dragón Volador!

¡Abracadabra!
¡Zas!
¡ENcoge!

Mamá, ¡Stink está otra vez haciendo tarea! —gritó Judy.

—Oye, por qué tienes que informar lo que estoy haciendo —protestó Stink.

—¡Ya! ¿Más tarea? ¡Haz algo útil!

—Me gusta hacer mi tarea.

—¿Qué te dejaron? —quiso saber mamá.

—Una composición de una página sobre el Día de los Presidentes.

—¿No te estarás disfrazando de bandera humana otra vez, verdad? —dijo Judy.

—No. Tengo que explicar lo que es para mí el Día de los Presidentes.

—Stink, todo el mundo sabe lo que es

el Día de los Presidentes. El Día de los Presidentes es el día en que tu maestra te lee un libro que habla de los dientes del presidente George Washington y de la barba de Abraham Lincoln. El Día de los Presidentes es el día en que se hace una cabaña con palitos de helado y se le pone encima una banderita de Estados Unidos.

—No, no... No es eso —negó Stink.

—El Día de los Presidentes es cuando dibujas dos círculos unidos de un lado. En uno escribes cosas de Lincoln. En el otro, cosas de Washington. Y en el centro pones las cosas en que se parecen —dijo Judy.

—Eso se llama un diagrama de Venn —dijo mamá.

—Mi tarea consiste en explicar lo que el Día de los Presidentes significa para mí —afirmó Stink.

—¡Muy bien, Stink! —aprobó mamá—. ¿Y qué es el Día de los Presidentes para ti?

—Dos palabras.

—Washington y Lincoln —apuntó Judy.

—James Madison —dijo Stink.

Colocó sobre la mesa su pelota y le puso su vieja gorra marrón. Empezó a pegarle encima bolas de algodón.

—¿Qué estás haciendo? —preguntó Judy.

—Me voy a hacer una peluca como la que usaba mi presidente favorito. ¡Y no me empujes, que se me va a caer el pegamento!

—¡No pongas tanto! —dijo Judy.

Stink no le hizo caso y siguió poniendo

pegamento en las bolas de algodón.

—Está quedando muy bien —opinó Stink.

—¡No la muevas! El pegamento tiene que secarse bien; si no, todas las bolas se caerán —advirtió Judy.

—Vamos a meterla en la secadora — dijo Stink.

—¡Genial! —exclamó Judy.

Stink metió la peluca en la secadora.

—Préndela, Judy, yo no alcanzo al botón.

Judy apretó el botón y la secadora se puso en marcha. Esperaron.

«*Gaaga-zump, gaaga-zump, gaaga-zump...*». Esperaron un poco más.

Buuuzzz. La secadora paró.

—¡Ya está! —dijo Judy, y sacó la peluca.

—¡Huy, yo quería que se secara, no

que encogiera! —se lamentó Stink.

—A lo mejor el calor... —empezó a decir Judy.

—¿A lo mejor? Mejor dicho, ¡a lo peor! —corrigió indignado Stink—. Parece una peluca para un elfo... ¡o para una hormiga!

—¡Fuiste tú quien metió la peluca en la secadora! —lo acusó Judy.

—¡Tú la prendiste! —se defendió Stink.

—Bueno, no importa. Podemos ponerte talco en la cabeza y tendrás el pelo blanco como el del presidente Madison.

—Me vas a poner talco blanco, ¿verdad? No me va a quedar el pelo naranja o de otro color, ¿no? —quiso asegurarse Stink.

—¡Pues claro que no! —dijo Judy.

❧ ❧ ❧

El viernes, Webster fue el primer estudiante en leer su trabajo en voz alta. Trataba sobre cómo hacer, para el Día de los Presidentes, fundas de cartulina con los colores de la bandera para adornar las macetas del hogar de ancianos donde vivía su abuelo.

—El Día de los Presidentes significa para mí que debería de haber una mujer presidenta —dijo Sofía de los Elfos—. Y, como nunca ha habido una, escribí un poema sobre la primera Primera Dama. Stink me habló de ella, y yo luego leí más cosas. Su nombre es Dolley Madison.

Dolley Madison, la primera Primera Dama.

Orgullosa de su inteligente marido.

Le gustaba bailar, pescar, cocinar y montar a caballo.

Le gustaba vestirse muy bien.

En Pascua pintaba huevos de colores.

Y se los regalaba a los hijos de sus amigos.

Mantenía amistad con mucha gente.

A todo el mundo le caía bien porque era muy amab

Daba fiestas muy elegantes.

Instaló en la Casa Blanca un retrato de George Washington

Se ponía plumas de avestruz en los sombreros.

O lazos de gasa con flores.

Nunca deberíamos olvidarla.

El último fue Stink. Se había vestido de negro. Y había prendido un cuatro en su camiseta. Llevaba el pelo cubierto de talco blanco.

LO QUE EL DÍA DE LOS PRESIDENTES SIGNIFICA PARA MÍ

Por James Moody

James Madison fue el más bajo de todos los presidentes. Sólo medía cinco pies y cuatro pulgadas de alto, pero hizo cosas importantes.

El Día de los Presidentes significa que no debemos olvidar a James Madison, el presidente más bajito. Todo el mundo sabe qué presidente fue el más alto, pero nadie parece querer recordar al más bajo.

A quien quiera ser presidente, le conviene llamarse James. Hay muchos James que llegaron a ser famosos.

—¡Oye, tú también te llamas James! —exclamó Webster.

—¡Pues claro! —dijo Stink riéndose y guiñando un ojo. Y siguió leyendo.

Seis presidentes se llamaban James, así que debe de ser un nombre con suerte. James Madison se llamaba James. Era muy inteligente. Escribió la Declaración de Derechos. Fue uno de los Padres de la Constitución.

Tenía ocho hermanos y hermanas. Si eres presidente, puedes mandar a todos tus hermanos; aunque sean mayores que tú.

Se vestía de negro. Se ponía talco en el pelo para parecer mayor.

Tenía un loro. Le gustaban los helados. Nunca decía mentiras. Le gustaba la ciencia y estudiar cómo eran por dentro los conejos.

Si James Madison estuviera todavía vivo, tendría 250 años.

Mi redacción es corta porque James Madison también era corto.

Creo que debería de haber una moneda con su cara. Y el día de su cumpleaños no debería de haber clases.

FIN

Las aventuras de Stink
y el regreso del
Monstruo Tragapulgadas
POR STINK MOODY

El Monstruo tragapulgadas ha vuelto y... ¡está furioso!

¡¡GRRRR!!

¡Glup!

¡Qué dolor de cabeza!

Está a punto de meter a Stink en la secadora supersónica para reducirlo a la nada.

Pero Stink consigue meter al **monstruo** en ella.

Stink aprieta el botón...

Y observa cómo el monstruo encoge y se convierte en...

¡Una pelusa!

El presidente Madison premia a Stink con una medalla, ¡y mucho dinero!

¡Viva Stink!

Alto,

altote,

altísimo

Era el NO-Día del Presidente James Madison; y también, el Día de los Presidentes. Por eso, aunque era lunes, no había clases. Judy asomó la cabeza por la puerta del cuarto de Stink.

—Hoy tengo que ser amable contigo.

—¿Te lo dijo mamá?

—Sipi.

—¿Por lo que pasó con Newton?

—Sí. Y quiere que haga algo para que te sientas importante o algo así. ¿Qué te parecería una fiesta de cumpleaños?

—¿Una fiesta de cumpleaños? ¿Para quién?

—Ven, baja conmigo y lo verás.

Stink se lanzó escaleras abajo, saltando los peldaños de dos en dos.

Mamá trajo una bandeja grande con pastelitos. En cada uno había una letra y entre todos se podía leer: "Feliz Día del Presidente Madison".

Papá encendió las velitas.

Todos cantaron la canción que Stink había inventado para su presidente favorito. Luego Stink sopló las velas. Se comió una M y una A y la mitad de una D: dos pastelitos y medio.

—Ahora, ¡los regalos! —dijo Judy.

—¿Regalos? ¡Pero si no es el cumpleaños de nadie! —se extrañó Stink.

—Es el NO-CUMPLEAÑOS del Presidente Madison —le dijo Judy.

—Papá y yo te hicimos una tarjeta del Día de los Presidentes —dijo mamá—.

—Pero como en realidad no existen tarjetas para este día —explicó papá—, imprimimos algunas cosas de Internet.

Stink abrió la tarjeta que estaba doblada por la mitad. Había algunas fotografías de personas bajitas.

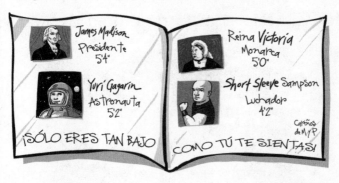

Al pie de la tarjeta, mamá y papá habían escrito en mayúsculas:

¡SÓLO ERES TAN BAJO COMO TÚ TE SIENTAS!

—¡Yo encontré en Internet a ese luchador! —anunció Judy.

—¡Gracias! —dijo Stink.

—Ahora mi regalo —dijo Judy.

Stink rompió el papel y lo abrió.

—¡Un espejo!

—Es el espejo mágico de los presidentes —le dijo Judy—. Lo hice con un espejo del viejo equipo de magia de Rocky.

Un lado es de James Madison, el otro lado es de Abraham Lincoln.

Stink se miró en el lado del presidente James Madison. Se vio pequeñito, flacucho y arrugado. Todos se rieron.

—Mírate en el otro lado —le dijo Judy.

Ahora Stink aparecía flaco como un lápiz y tan alto como Abraham Lincoln.

—El NO-Día del Presidente James Madison ha resultado mejor que el Día de los Presidentes. ¡Muchísimo mejor! —exclamó Stink.

—Te gustó, ¿eh? —le dijo Judy.

—¡Me encantó! Gracias por la fiesta y los regalos y los pastelitos y todo eso.

—La fiesta del NO-Día del Presidente James Madison fue idea de Judy —dijo papá.

—Oye, ¿te sientes un poco menos baji
to ahora? —quiso saber Judy.

—Bueno, sí, sobre todo cuando me
miro en el lado del presidente Li ncolr
—afirmó Stink.

—¿Sabes una cosa? —dijo papá—. No
siempre has sido bajo.

—Ah, ¿no? —se sorprendió Stink.

—No lo eras de recién nacido —asegu
ró mamá—. Eras largo. Mediste 22 pul
gadas de largo.

—¿Y yo, y yo, cuánto medí? —quiso
saber Judy.

—Tú mediste 19 pulgadas —dijo papá.

—¡Ajá! O sea que cuando nací era más
alto que Judy.

—Bueno, podría decirse así —admitió
namá.

—Ja, ja, ja, ¡bajita! —se rió Stink.

—¡Tonterías! Yo ya sabía caminar
cuando tú naciste y era mucho más alta
que tú —protestó Judy.

—¡Se me olvidaba una cosa importante! —dijo de pronto mamá—. Llegó
una carta para ti, Stink. Me parece que
es del gobernador —mamá le entregó un
sobre a Stink.

—¡Ábrela! ¡Léela en voz alta! —pidió Judy.
Stink leyó la carta:

Estimado Señor James Moody:

Muchas gracias por su amable suge-rencia de que levantemos en Virginia una estatua al presidente James Madison. Infortunadamente, no tenemos intención de levantar en un futuro próximo ningu-na estatua nueva en ningún parque de nuestro estado.

De todas maneras, apreciamos su entu-siasmo por el presidente James Madison. ¿Sabía usted que James Madison ha apa-recido en monedas de medio dólar y también en billetes de cinco mil dólares?

Le incluimos la medalla de bronce «Paz y Amistad» de James Madison como afec-tuoso homenaje a su interés por nuestro cuarto presidente.

Jean MacDonald

—¡Un billete de cinco mil dólares! —
dijo Stink—. ¡Súper-hiper-mega chévere!

La medalla era una moneda de color
rojizo y venía dentro de un estuche de plás-
tico. Por un lado decía *James Madison,*
presidente de Estados Unidos de América,
1809. Por el otro, tenía un dibujo de dos
manos dándose un saludo amistoso.

Stink le pasó su reluciente medalla de
la amistad a mamá, a papá y a Judy
para que todos la vieran. Mientras ellos

la admiraban haciendo "oh", "guau" y "uhmm", Stink fue por su espejo mágico de los presidentes. Lo abrió y observó su reflejo en el lado en el que se veía alto.

"Todo el mundo dice que crece toma tiempo", pensó Stink. "Es parte del ciclo de la vida. Un día, me va a tocar a mí. ¡A mí! ¡El señor James Moody!"

¡No te pierdas las siguientes aventuras de Stink, La Nariz, Moody!

¡Son divertidas!

¡Y apestosas!